www.ingramcontent.com/pod-product-compliance
Lightning Source LLC
LaVergne TN
LVHW010610070526
838199LV00063BA/5136
9789358720440

نک چڑھی شمّو

(بچوں کی مزاحیہ کہانیاں)

مصنف:

سعید لخت

© Taemeer Publications

Nak Chadhii Shammo *(Kids stories)*
by: Saeed Lakht
Edition: May '2023
Publisher & Printer:
Taemeer Publications, Hyderabad.

ISBN 978-93-5872-044-0

9 789358 720440

مصنف یا ناشر کی پیشگی اجازت کے بغیر اس کتاب کا کوئی بھی حصہ کسی بھی شکل میں بشمول ویب سائٹ پر اَپ لوڈنگ کے لیے استعمال نہ کیا جائے۔ نیز اس کتاب پر کسی بھی قسم کے تنازع کو نمٹانے کا اختیار صرف حیدرآباد (تلنگانہ) کی عدلیہ کو ہو گا۔

© تعمیر پبلی کیشنز

کتاب	:	**نک چڑھی شمّو**
مصنف	:	**سعید لخت**
صنف	:	ادب اطفال
ناشر	:	تعمیر پبلی کیشنز (حیدرآباد، انڈیا)
زیر اہتمام	:	تعمیر ویب ڈیولپمنٹ، حیدرآباد
سالِ اشاعت	:	۲۰۲۳ء
تعداد	:	(پرنٹ آن ڈیمانڈ)
طابع	:	تعمیر پبلی کیشنز، حیدرآباد – ۲۴
صفحات	:	۷۰
سرورق ڈیزائن	:	تعمیر ویب ڈیزائن

فہرست

(۱)	جادو کا ڈھول	7
(۲)	ایک گدھا، جو گدھا تھا	14
(۳)	ببلو کی سائیکل	21
(۴)	بادشاہ کی ہچکی	28
(۵)	تین بھائی	34
(۶)	تم کہاں ہو؟	39
(۷)	کہانی میں کہانی	45
(۸)	نک چڑھی شمو	55
(۹)	گدھے سے زیادہ بے وقوف	64

پیش لفظ

ایک مہذب اور صاف ستھرے سماج اور ملک و ملت کے زریں مستقبل کے لیے ادب اطفال کی جتنی ضرورت ہمیں کل تھی، آج بھی ہے۔ ان کہانیوں میں وعظ و پند کا شور نہیں بلکہ انسان دوستی اور ہمدردی کی دھیمی دھیمی اور بھینی بھینی مہک ہونی چاہیے۔

بچوں کے ادب کی زبان نہایت آسان ہونی چاہئے۔ طرز ادا اور اسلوب بیان ایسا ہو کہ بچے بخوشی انہیں پڑھیں، ان میں دلچسپی لیں، ان کو پڑھ کر مسرت محسوس کریں۔ کہانیوں میں مختلف دلچسپ واقعات کی شمولیت سے بچوں کی دلچسپی کو بڑھایا جا سکتا ہے۔

تعمیر پبلی کیشنز کی جانب سے سعید لخت کی تحریر کردہ ایسی ہی چند دلچسپ و مزاحیہ کہانیوں کا ایک جدید ایڈیشن شائع کیا جا رہا ہے۔

جادو کا ڈھول

افریقہ کے کسی گاؤں میں ایک آدمی رہتا تھا۔ نام تھا مبولو۔ وہ اپنے گاؤں کا سردار تھا۔ گاؤں کے لوگ اسے دل و جان سے چاہتے تھے۔ اس کی دو وجہیں تھیں۔ ایک تو یہ کہ مبولو بہت نیک اور شریف تھا اور دُوسری یہ کہ وہ تمام گاؤں والوں کو روزانہ، دونوں وقت، مُفت کھانا کھلاتا تھا۔

بات یہ تھی کہ مبولو کے پاس جادُو کا ایک ڈھول تھا۔ جب کھانے کا وقت ہوتا تو گاؤں کے سارے لوگ اس کے اِرد گِرد دائرہ بنا کر بیٹھ جاتے اور مبولو جادُو کے ڈھول کو سیدھے ہاتھ سے تیرہ دفعہ بجاتا۔ تیرھویں تھپکی پر ہر شخص کے سامنے خوش رنگ اور

خوش ذائقہ کھانے کی ایک ایک پلیٹ آجاتی۔

اب سنیے، مبوبو کے گاؤں کے پاس ہی ایک اور گاؤں تھا۔ اس گاؤں کے لوگ بڑے لالچی تھے۔ وہ چاہتے تھے کہ مبوبو اور اس کے قبیلے کو اس گاؤں سے بھگا کر ان کی زمینوں پر قبضہ کر لیں۔ ایک دن وہ برچھی بھالوں سے لیس ہو کر مبوبو کے گاؤں پر چڑھ دوڑے۔ مبوبو کے آدمی امن پسند تھے۔ لڑائی بھڑائی سے دور بھاگتے تھے۔ انھوں نے جو یہ ناگہانی مصیبت دیکھی تو چہروں پر ہوائیاں اُڑنے لگیں۔ ہاتھ پاؤں پھول گئے۔ انھوں نے مبوبو سے کہا "اب کیا ہوگا؟ دشمن تو ہماری تکا بوٹی کر ڈالیں گے۔ مال بھی جائے گا اور جان بھی۔"

مبوبو مسکرا رہا تھا۔ معلوم ہوتا تھا جیسے اُسے کوئی فکر ہی نہیں۔ اُس نے گاؤں والوں کو حکم دیا کہ ایک بڑا سا درخت کاٹیں اور اُسے راستے کے بیچوں بیچ ڈال دیں۔ حکم کی دیر تھی کہ بیسیوں آدمی کلہاڑیاں لے کر درخت پر پل پڑے اور آناً فاناً اسے کاٹ کر راستے میں ڈال دیا۔

اب دشمن قریب آ گئے تھے۔ ان کے ڈھول دھمکوں

اور جنگی نعروں کی خوف ناک آوازیں صاف سُنائی دے رہی تھیں۔ مبوبو نے گاؤں والوں سے کہا " تم سب لوگ جنگل میں جا کر چھُپ جاؤ۔ میں اکیلا ہی ان سے نمٹ لوں گا۔"

پہلے تو وہ ہچکچائے۔ وہ اپنے نیک اور مہربان سردار کو موت کے مُنھ میں دے کر خُود فرار ہونا نہ چاہتے تھے۔ لیکن جب مبوبو نے انھیں سمجھایا تو چلے گئے۔

اِدھر گاؤں والے غائب ہُوئے اور اُدھر دُشمن گاؤں کے اندر داخل ہو گئے۔ انھیں یہ دیکھ کر بہُت حیرت ہُوئی کہ سارا گاؤں خالی پڑا ہے۔ صرف اکیلا مبوبو وہاں موجُود ہے۔ اُنھوں نے سوچا کہ مبوبو بھی بھاگ جائے گا اور وہ بغیر لڑے بھڑے سارا مال ہتھیا لیں گے۔ مگر مبوبو بھاگنا تو کُجا، گھبرایا تک نہیں۔ وہ بڑے اِطمینان سے کٹے ہُوئے درخت کے تنے پر بیٹھ گیا، اور اپنے جادُوئی ڈھول کو پہلے سیدھے ہاتھ سے تیرہ 13 دفعہ بجایا اور پھر بائیں ہاتھ سے تین دفعہ۔

اِس جادُو کے ڈھول میں دو خاص باتیں تھیں۔ اسے زمین پر بیٹھ کر تیرہ 13 دفعہ بجاتے تو وہ کھانا حاضر کر دیتا اور کٹے ہُوئے درخت پر بیٹھ کر بجاتے تو فوراً ہی

جنگل میں سے ایک سو ہٹے کٹے، خوف ناک شکلوں والے آدمی نکلتے اور جو سامنے آتا، مار مار کر اُس کا کچومر نکال دیتے۔ اس وقت بجانے والے کو ایک خاص اِحتیاط کرنی پڑتی تھی۔ اُسے ڈھول کو سیدھے ہاتھ سے 13 دفعہ بجا کر بائیں ہاتھ سے بھی تین دفعہ بجانا پڑتا تھا۔ اگر وہ ایسا نہ کرتا تو جادُو کے آدمی اُسے بھی مار مار کر بُھتنا بنا دیتے تھے۔

لو جناب! ڈھول بجانے کی دیر تھی کہ ایک دم جنگل میں سے ایک سو لمبے تڑنگے، کالے کلوٹے سو آدمی نِکل آئے۔ اُن کے ہاتھوں میں موٹے موٹے ڈنڈے تھے۔ اُنھوں نے آتے ہی مبولبو کے دُشمنوں کو دُھنا شرُوع کر دیا۔ چند منٹ بعد وہ سب زمین پر پڑے کراہ رہے تھے۔ اس کے بعد جادُو کے آدمی جیسے آئے تھے، ویسے ہی غائب ہو گئے۔

اب مبولبو نے اپنے آدمیوں کو آواز دی۔ وہ جنگل میں سے نِکل آئے۔ وہ چاہتے تھے کہ دُشمنوں کی کھال کھینچ لیں۔ مگر مبولبو بہت رحم دِل اور نیک اِنسان تھا۔ اس نے انھیں سمجھا بُجھا کر باز رکھا اور دُشمنوں سے بولا: "میرا خیال ہے، تمھیں اب سبق مِل گیا ہوگا۔ اب تم

کبھی میرے گاؤں پر حملہ نہیں کروگے۔ تمھاری بھلائی اسی میں ہے کہ ہمارے ساتھ صُلح کر لو اور اچھے پڑوسیوں کی طرح امن چین سے رہو۔ آج کے دن تم ہمارے مہمان ہو۔ میں کھانا منگواتا ہُوں۔ کھا کر جانا۔"

یہ کہہ کر وہ اُن لوگوں کے بیچ میں بیٹھ گیا اور جادُو کے ڈھول کو تیرہ دفعہ بجایا۔ پلک جھپکتے میں خوش رنگ اور خوش ذائقہ کھانے کی ایک ایک پلیٹ ہر شخص کے سامنے آگئی۔ سب نے خوب پیٹ بھر کے کھایا، پھر مبوبو سے معافی مانگی، سلام کیا اور اس کا شُکریہ ادا کر کے چلے گئے۔

لیکن وہ دل کے کھوٹے تھے۔ راستے میں نیت بدل گئی۔ ایک آدمی نے کہا "مبوبو کا ڈھول تو بڑا کراماتی ہے۔ اِدھر بجایا، اُدھر کھانا حاضر۔"

دُوسرا بولا "ہمیں یہ ڈھول کسی طرح اُڑا لینا چاہیے۔"

سب نے اس کی ہاں میں ہاں ملائی۔ باقی لوگ تو اپنے گاؤں کی طرف چلے گئے اور پانچ پھرتیلے اور تگڑے جوان وہیں جھاڑیوں میں چھپ کر بیٹھ گئے۔

جب رات کا اندھیرا گہرا ہو گیا اور ہر طرف سُنسانی چھا گئی تو یہ پانچوں جوان جھاڑی میں سے نکلے اور چُپکے

سے مبوبو کے جھونپڑے میں گھس گئے۔ مبوبو بے خبر پڑا سو رہا تھا۔ اُنھوں نے ڈھول اُٹھا کر بغل میں دبایا اور دبے پاؤں باہر نکل گئے۔

ایک آدمی بولا "آہا! مزا آگیا! اب ہمیں محنت کرنے کی ضرورت نہیں۔ ڈھول بجائیں گے اور مُفت کی کھائیں گے۔"

دُوسرا کہنے لگا۔ تُمھیں بجانے کی ترکیب بھی آتی ہے؟"

پہلا بولا "کیوں نہیں۔ مبوبو نے اسے تیرہ دفعہ بجایا تھا۔ میں نے اُنگلیوں پر گِنا تھا۔ اِعتبار نہ ہو تو دیکھ لو۔"

وہ باتیں کرتے کرتے اس جگہ آ گئے تھے جہاں مبوبو کا کٹوایا ہُوا درخت پڑا تھا۔ وہ آدمی درخت کے تنے پر بیٹھ گیا اور ڈھم ڈھم تیرہ دفعہ ڈھول بجایا۔

سب لوگ آنکھیں بند کیے، گرم گرم مزے دار کھانے کا اِنتظار کر رہے تھے۔ لیکن جب اُنھوں نے آنکھیں کھول کر دیکھا تو سِٹی گُم ہو گئی۔ انھیں ایک سو موٹے تازے، خوف ناک شکلوں والے آدمی گھیرے کھڑے تھے۔ دیکھتے ہی دیکھتے اُنھوں نے

ان کے سروں پر ڈنڈے برسانے شروع کر دیے۔ اُنھوں نے ڈھول وہیں پھینکا اور سر پر پاؤں رکھ کے ایسے بھاگے کہ پیچھے مُڑ کر بھی نہ دیکھا۔

دُوسرے دِن، صُبح کو، مبوبو ڈھول ڈھونڈنے نِکلا تو وہ اُسے گاؤں کے باہر اُس جگہ پڑا مل گیا جہاں اس نے درخت کٹوایا تھا۔ ساری بات اس کی سمجھ میں آ گئی۔ وہ خُوب ہنسا اور ڈھول اُٹھا کر گھر لے آیا۔

ایک گدھا، جو گدھا تھا

ایک دن ایک شیر کسی ہاتھی سے لڑ پڑا۔ آخر میں ہار تو ہاتھی کی ہُوئی لیکن شیر بھی اَدھ مُوا ہو گیا اور شکار کرنے کے قابل نہ رہا۔ دِن رات غار میں پڑا اپنے زخم چاٹتا رہتا۔

شیر کے غار کے پاس ہی ایک لومڑی رہتی تھی۔ شیر شکار کرتا تو بچا کھُچا وہ بھی کھا لیتی۔ اس طرح لومڑی کو بغیر محنت کیے کھانے کو مل جاتا۔ وہ مُفت کی کھا کھا کر خُوب موٹی ہو گئی تھی۔ لیکن جب سے شیر زخمی ہُوا تھا، لومڑی کے گُل چھرّے ختم ہو گئے تھے۔ اب وہ بھُوکوں مر رہی تھی۔

جب ایک ہفتہ گزر گیا اور کھانے کو کچھ نہ ملا تو

لومڑی نے شیر سے کہا "حضور، آپ کی بیماری تو بہت لمبی ہو گئی۔ چند روز یہی حال رہا تو بھوک سے تڑپ تڑپ کر مر جائیں گے۔"

شیر بولا "میں کر بھی کیا سکتا ہوں۔ اتنی سکت نہیں کہ باہر نکلوں اور شکار کروں۔"

لومڑی نے کہا "میں نے ایک ترکیب سوچی ہے۔ سنیئے! کسی موٹے تازے جانور کو بہلا پھسلا کر غار میں لے آتی ہوں۔ آپ اُسے مار ڈالنا۔"

"تمھاری مرضی۔" شیر نے کہا "مگر ایسا کون جانور ہوگا جو شیر کے غار میں چلا آئے گا؟"

"یہ آپ مجھ پر چھوڑ دیجیے۔ اس کا بندوبست میں کروں گی۔" لومڑی نے کہا اور چلی گئی۔

جنگل کے پاس ہی کسانوں کے کھیت تھے۔ کھیت میں جانور چر رہے تھے۔ اُن میں ایک موٹا تازہ گدھا بھی تھا۔ اُس کے چہرے سے اُداسی ٹپک رہی تھی۔ گھاس کھاتے کھاتے مُنھ اُوپر اُٹھاتا اور بڑی دردناک آواز میں ڈھینچو ڈھینچو کرنے لگتا۔

گدھے کو دیکھ کر لومڑی کی باچھیں کھل گئیں۔ اس نے سوچا، یہ میرے جھانسے میں آجائے گا۔ وہ اُس

کے پاس گئی اور بڑی نرمی سے بولی :

"آداب عرض ہے، جنابِ عالی۔ معاف کیجیے۔ آپ کچھ پریشان نظر آ رہے ہیں۔ خیر تو ہے ؟"

گدھے نے اُداس نظروں سے لومڑی کو دیکھا اور دِھیرے سے بولا "جائیے، اپنا کام کیجیے۔ میرے دُکھ کی دوا آپ کے پاس نہیں ہے۔"

یہ کہہ کر اُس نے رَینکنے کے لیے مُنھ کھولا ہی تھا کہ لومڑی جلدی سے بولی "دُوسروں کو اپنی بِپتا سُنانے سے دِل کا بوجھ ہلکا ہو جاتا ہے، جنابِ عالی۔ بتلایئے تو سہی۔ شاید میں کچھ کر سکوں۔"

گدھے نے آہ بھر کر کہا "کیا بتاؤں بی لومڑی۔ میرے سارے دوستوں نے اپنے گھر بسا لیے ہیں، اور کئی ایک کے تو گُل گُوتھنے سے بچے بھی ہیں۔ لیکن میں ابھی تک کنوارا ہی ہوں۔ کاش میرا بھی کسی طرح گھر بس جائے!"

"بس اِتنی سی بات؟" لومڑی نے کہا "ارے صاحب یہ تو میرے بائیں ہاتھ کا کھیل ہے۔ منٹوں میں آپ کی شادی کروا سکتی ہوں۔"

گدھا خوش ہو کر بولا "کیا آپ سچ کہہ رہی ہیں؟

"لو اور لو۔ تو کیا جھوٹ بول رہی ہوں۔ ایک گدھی میری سہیلی ہے۔ بے چاری اکیلی رہتے رہتے تنگ آ گئی ہے۔ چاہتی ہے کوئی شریف گدھا مل جائے تو اُس سے بیاہ رچا لے۔ میں کہتی ہوں، آپ دونوں کا جوڑ خوب رہے گا۔ ایک ہیرا تو ایک موتی۔"

"وہ بھاگ بھری رہتی کہاں ہے؟" گدھے نے پُوچھا۔

"اُس جنگل میں۔" لومڑی نے کہا "میری پڑوسن ہے۔"

گدھا سر ہلا کر بولا "نہ بی لومڑی۔ میں جنگل میں نہیں جاؤں گا۔ سُنا ہے وہاں شیر اور بھیڑیے رہتے ہیں۔ وہ تو میری تِکّا بوٹی کر ڈالیں گے۔"

"میں بھی تو جنگل میں رہتی ہوں۔ میری کسی نے تِکّا بوٹی کی؟"

"آپ تو بہت چالاک ہیں۔ چھل فریب سے اپنا بچاؤ کر لیتی ہوں گی۔ میں ٹھہرا گدھا۔ میری کھوپڑی میں تو عقل کی جگہ بھُس بھرا ہے۔"

"میں اِس کا ذمّہ لیتی ہوں۔" لومڑی بولی "آپ کا بال بھی بیکا ہو تو جو چور کی سزا، وہ میری۔"

"یہ ٹھیک ہے۔" گدھے نے کہا "مگر شادی کی بات تو اُن کے والد صاحب سے کرنا پڑے گی۔"

لومڑی نے کہا " اس بے چاری کے والد کو فوت ہوئے تو مدت ہو گئی۔ ماں بھی مرکھپ چکی ہے۔ اس بھری دنیا میں کوئی والی وارث نہیں اُس کا۔ آپ کو اُسی سے بات کرنی ہوگی۔ میں کہتی ہوں ، سوچ بچار چھوڑیے۔ ایسا نہ ہو یہ سنہری موقع ہاتھ سے نکل جائے"

گدھے نے خوشی میں آ کر دولتیاں جھاڑیں ، کچھ دیر ڈھینچو ڈھینچو کی اور پھر لومڑی کے پیچھے پیچھے چل دیا۔

شیر بڑی بے صبری سے لومڑی کی راہ تک رہا تھا۔ غار کے باہر پیروں کی چاپ سُنی تو دروازے کی اوٹ میں آ بیٹھا۔ لومڑی گدھے سے کہہ رہی تھی :

" یہ ہے اُن کا گھر۔ آپ بے کھٹکے اندر تشریف لے جائیے۔ میں آپ کے پیچھے پیچھے آتی ہوں "

گدھا بولا " لیکن بھئی ، کسی کے گھر میں بلا اجازت داخل ہونا تہذیب کے خلاف ہے۔ اور میری تو اُن سے جان پہچان بھی نہیں ہے "

" بھاڑ میں جائے جان پہچان " لومڑی نے کہا " آپ اندر جائیے۔ فضول وقت نہ گنوائیے "

شیر مدتوں کا بھوکا تھا۔ اسے گدھے کے گوشت کی خوش بُو آئی تو صبر نہ ہو سکا۔ ایک دم چھلانگ

لگا دی۔ مگر نشانہ خطا گیا۔ گدھے پر گرنے کے بجائے وہ اس سے پرے ایک جھاڑی میں جا گرا، اور کانٹوں میں اُلجھ گیا۔ گدھا اس اچانک حملے سے سٹپٹا گیا۔ اس نے گھبرا کر دُم اُٹھائی اور ڈھینچو ڈھینچو کرتا ہُوا ایسا بھاگا کہ پیچھے مُڑ کر بھی نہ دیکھا۔

"ہات تیری کی!" لومڑی ہاتھ ملتے ہُوئے بولی "ساری محنت اکارت گئی۔ آپ دو چار منٹ صبر بھی نہ کر سکے۔"

شیر بڑی مُشکل سے جھاڑی میں سے نِکلا اور ہانپتا ہُوا بولا "میری پریکٹس چھُوٹ گئی ہے نا۔ اِتنے دِنوں سے بیمار جو ہُوں!"

"ہائے ہائے! کتنا اچھا شکار تھا۔ تین دِن دونوں پیٹ بھر کے کھاتے۔" لومڑی نے کہا "خیر، اب پھر جاتی ہُوں۔ اُسے بہلا پھُسلا کر لاتی ہُوں۔"

لومڑی پھر اسی جگہ پہنچی۔ گدھا کھڑا گھاس چر رہا تھا۔ لومڑی اسے دیکھ کر مُسکرائی اور بولی "آداب عرض ہے، جنابِ عالی۔ میں نے کہا، یہ آپ کو کیا ہو گیا تھا؟ بھاگ کیوں آئے؟"

گدھا بولا "بھاگتا نہیں تو کیا کرتا۔ غار میں تو کوئی

بھوت بیٹھا تھا۔ اُس نے مجھے دیکھتے ہی حملہ کر دیا۔"

لومڑی نے قہقہہ لگایا "ہا ہا ہا! آپ بھی حد کرتے ہیں، جنابِ عالی۔ وہ بے چاری آپ کا اِستقبال کرنے باہر نکلی اور آپ جناب اُسے بھوت سمجھ بیٹھے۔"

"بلے بلے بلے! گدھا خوش ہو کر بولا "لو بھئی، ہمیں کیا پتا تمھارے جنگل میں دُولھا کا اس طرح اِستقبال ہوتا ہے۔"

لومڑی نے کہا "وہ میرے اُوپر بہت خفا ہوئی۔ کہنے لگی آنٹی، آپ بھی کس جانگلو کو پکڑ لائیں۔ اس کے ساتھ میرا خاک نباہ ہوگا۔"

"چچ چچ چچ۔" گدھے نے افسوس سے کہا "یہ تو بڑی بُری بات ہوئی۔ مجھے اُن سے معافی مانگنا چاہیے۔ ابھی اسی وقت چلیے۔"

لومڑی آگے آگے اور گدھا پیچھے پیچھے۔ دونوں شیر کے غار کے پاس پہنچے۔

"یہی وہ غار ہے نا؟" گدھے نے پوچھا۔

"جی ہاں۔ یہی ہے۔ قدم بڑھائیے۔ اندر تشریف لے جائیے۔"

گدھا شیر کے غار میں داخل ہو گیا.... اور پھر کبھی لوٹ کر نہ آیا، کیوں کہ وہ گدھا تھا۔

ببلو کی سائیکل

ببلو چھوٹا سا تھا تو ابّو نے اُسے سکوٹر خرید کر دیا تھا۔ وہ دِن بھر اُسے اپنے مکان کے سامنے، فٹ پاتھ پر دوڑاتا پھرتا۔ اس کے بائیں ہینڈل میں چھوٹا سا ہارن لگا ہُوا تھا جسے وہ زور زور سے بجاتا اور ساتھ ہی شور بھی مچاتا جاتا "ہٹ جاؤ! بچ جاؤ!"

اب وہ آٹھ سال کا تھا اور جمعے کے دِن اُس کی سالگرہ تھی۔ ابّو نے پُوچھا "بھئی، اب کے تمھیں کیا تحفہ دیا جائے؟"

اس نے جھٹ کہا "میں تو سائیکل لُوں گا۔ دو پہیوں والی۔ سچ مچ کی سائیکل۔"

اُن کے گھر کے قریب ہی بازار تھا، اور بازار میں

سائیکلوں کی کئی دکانیں تھیں۔ ابّو اسے ایک دکان پر لے گئے جہاں اُس نے ایک خوب صورت سی، لال رنگ کی، سائیکل پسند کی۔ اس کے ساتھ ہوا بھرنے کا پمپ بھی تھا اور بائیں ہینڈل میں ہارن لگا ہُوا تھا۔ ابّو نے دکان دار کو پونے تین سو روپے دیے اور سائیکل لے کر گھر آ گئے۔

اُس دِن چھُٹی تھی۔ ببلُو چاہتا تھا کہ آج ہی سائیکل چلانا سیکھ لے۔ وہ سائیکل پر بیٹھ گیا تو ابّو نے پیچھے سے گدّی پکڑ لی اور بولے "ہاں بھئی، اب پَیر مارو۔"

ببلُو نے پیڈل پر پَیر مارے اور سائیکل چلنے لگی۔ ابّو اُس کے ساتھ ساتھ دوڑتے رہے۔ تھوڑی دُور جا کر اُنھوں نے گدّی پر سے ہاتھ ہٹا لیا اور ببلُو بغیر سہارے کے سائیکل چلانے لگا۔ اس طرح اس نے ایک ہی دِن میں سائیکل چلانا سیکھ لیا۔

اور پھر تو یُوں ہوتا کہ سکُول سے آتے ہی وہ اُلٹی سیدھی روٹی کھاتا اور سائیکل لے کر باہر نکل جاتا۔ امّی نے اُسے تاکید کر دی تھی کہ بڑی سڑک پر نہ جانا، نہیں تو سائیکل چھین لُوں گی۔ وہ ڈر کے مارے بڑی سڑک پر تو نہ جاتا، ہاں گلی کُوچوں اور فٹ پاتھ پر

خوب دوڑاتا۔

ببلو میاں اُن بچوں میں سے ہیں جو چیزیں خرید لیتے ہیں لیکن انھیں ٹھیک سے رکھنے کا ڈھنگ نہیں جانتے۔ ایک چیز کہیں پڑی ہے تو دُوسری کہیں۔ کیرم بورڈ کھانے کے کمرے میں پڑا ہے تو گوٹیاں باورچی خانے میں لُڑھک رہی ہیں۔ گیند نالی میں پڑی سڑ رہی ہے تو بَلاّ غسل خانے میں پڑا بِھیگ رہا ہے۔ امّی اس کی چیزیں اُٹھا اُٹھا کر تھک جاتیں اور لاکھ سمجھاتیں مگر وہ اِتنا بے پروا تھا کہ ایک ہی دِن میں بھول جاتا اور پھر وہی حرکتیں کرنے لگتا۔

سائیکل کے ساتھ بھی اس نے اَیسا ہی کیا۔ ابّو نے کہا تھا کہ میں سائیکل خرِید کر دے تو رہا ہُوں مگر اِسے سنبھال کر رکھنا۔ خراب ہو گئی تو دُوسری لے کر نہیں دُوں گا۔ سو جناب، ببلو میاں نے شرُوع شرُوع تو بڑی اِحتیاط کی، لیکن پھر اپنی پُرانی عادت پر آ گئے۔ سائیکل چلاتے چلاتے کوئی بات یاد آ جاتی تو اُسے باہر ہی چھوڑ کر گھر آ جاتے۔ اب چاہے کوئی اُٹھا کر ہی لے جائے۔ سائیکل کو کمرے یا برآمدے میں رکھنے کے بجائے کُھلے صحن میں چھوڑ دیتے اور وہ دُھوپ

میں پڑی تپتی رہتی ۔ کئی بار تو ایسا ہُوا کہ رات کو بھی باہر صحن ہی میں رہ گئی اور ساری رات بارش میں بھیگتی رہی ۔

ایک دِن سکُول سے آکر ببلُو نے سائیکل نکالی اور باہر گلی میں چلانے لگا۔ گلی کے موڑ پر پہنچ کر اس نے واپس موڑنا چاہا تو وہ نہیں مُڑی ۔ سیدھی چلتی رہی۔ اس نے ہینڈل کو سیدھی طرف موڑا تو وہ بائیں طرف مُڑ گیا۔

بائیں طرف بازار تھا۔ سڑک پر بے شمار سائیکلیں، کاریں اور دُوسری سواریاں آجا رہی تھیں۔ ببلُو نے گھبرا کر بریک لگائے لیکن سائیکل نہیں رُکی ۔ سرپٹ دوڑتی رہی۔ ہارن آپ ہی آپ بجتا رہا ۔ ببلُو حیرت سے آنکھیں پھاڑے ، سہما سہما گدی پر بیٹھا تھا ۔ اُسے ایسا محسُوس ہو رہا تھا جیسے اس کے پَیر پیڈلوں کو نہیں چلا رہے پیڈل اس کے پَیروں کو گھُما رہے ہیں ۔

پھر اچانک سائیکل ایک دکان کے سامنے جا کر رُک گئی ۔ یہ وہی دکان تھی جہاں سے ببلُو نے یہ سائیکل خریدی تھی۔ دکان دار نے ببلُو کو پہچان لیا اور بولا :

"ارے بھائی، خیر تو ہے ؟ سائیکل میں کچھ خرابی ہو گئی ہے ؟"

بلّو نے گھبرا کر کہا " پتا نہیں ..... م م مجھے معلوم نہیں "

دکان دار حیرت سے بولا " پتا نہیں ! ۔ تو پھر تم اسے یہاں کیوں لائے ہو ؟"

"میں اسے نہیں لایا" بلّو نے کہا "یہ مجھے لائی ہے"

دکان دار نے تعجّب سے کہا "یعنی سائیکل تمھیں یہاں لائی ہے ؟ تم اسے نہیں لائے ؟ کمال ہے بھئی ! ایسی بات پہلے نہ کبھی سنی نہ دیکھی "

"ہاں ہاں ۔ یہ مجھے لائی ہے " بلّو نے زور دے کر کہا "میں نے اسے سیدھی طرف موڑا تو یہ اُلٹی طرف مُڑ گئی ۔ اُلٹی طرف موڑا تو سیدھی طرف مُڑ گئی ۔ میں نے بہتیرے بریک لگائے مگر رُکی ہی نہیں ، اور سیدھی بازار میں آ گئی اور ..... اور پھر آپ کی دکان کے پاس آ کر رُک گئی "

دکان دار کچھ سوچ کر بولا " ہُوں ! تو یہ بات ہے ۔ ذرا دکھائیے تو "

اُس نے سائیکل کو اُلٹا کھڑا کر دیا ۔ پہلے پیڈل گھما کر دیکھے ، پھر چین دیکھی ۔ اس کے بعد پہیوں کی ہوا چیک کی ۔ پھر بریک دبا کر دیکھے ۔

"بھئی ، یہ تو بالکل ٹھیک ہے " اس نے کہا "کوئی چیز

بھی تو خراب نہیں۔"

پھر اچانک اس کا ہاتھ ہارن پر پڑ گیا۔ ہارن میں سے آواز آئی "تیل تیل۔"

دکان دار نے گھبرا کر ہارن چھوڑ دیا اور ببلو سے بولا "کیا آپ نے کچھ کہا؟"

"میں نے تو کچھ نہیں کہا۔" ببلو بولا "ہارن میں سے آواز آئی تھی۔"

"ہارن میں سے!" دکان دار کا منہ کھلا کا کھلا رہ گیا۔ اس نے دوبارہ ہارن بجایا تو آواز آئی "تیل ڈالو، تیل۔"

دکان دار اُچھل کر پرے ہٹ گیا اور بولا "یہ تو کوئی جادو کی سائیکل معلوم ہوتی ہے۔ ٹھہریے! میں تیل لے کر آتا ہوں۔"

وہ جلدی سے اُٹھا اور اندر سے تیل کی کُپی لے آیا۔ اس نے سائیکل کے پُرزوں میں تیل دیا اور بولا "اب یہ نہیں بولے گی۔ میں نے خوب تیل ڈال دیا ہے۔"

مگر ببلو کو اطمینان نہیں ہوا "ٹھہریے! ہارن بجا کر دیکھتا ہوں۔ شاید اِسے کسی اور چیز کی ضرورت ہو۔"

اس نے ہارن بجایا تو آواز آئی "پوں پوں۔ مجھے دھوپ اور بارش سے بچاؤ۔ روزانہ صاف کرو۔ ہفتے کے

ہفتے تیل ڈالو۔ نہیں تو میرے پُرزوں میں زنگ لگ جائے گا۔"

بلّو بولا "مجھے افسوس ہے سائیکل صاحبہ کہ میں نے آپ کی اچھی طرح دیکھ بھال نہ کی۔ اچھا، اب وعدہ کرتا ہوں کہ آیندہ آپ کو شکایت کا موقع نہ دُوں گا۔"

یہ کہہ کر اُس نے پھر ہارن بجایا تو آواز آئی "ٹھیک ہے۔ ٹھیک ہے۔"

اُس دِن سے بلّو سائیکل کا بہُت خیال رکھتا ہے۔ اسے دُھوپ اور بارش سے بچاتا ہے، روز صاف کرتا ہے اور ہفتے میں ایک بار پُرزوں میں تیل ضرور ڈالتا ہے۔ اب سائیکل بھی اس سے خوش ہے۔ وہ اس کا کہا مانتی ہے۔ وہ اسے جدھر موڑتا ہے، مُڑ جاتی ہے اور جب بریک لگاتا ہے تو رُک جاتی ہے۔ (ماخوذ)

بادشاہ کی ہچکی

ایک دِن اندھیر نگر کے بادشاہ سلامت دربار میں آئے تو انھیں ہچکیاں آنے لگیں۔ ایک کے بعد دُوسری اور دُوسری کے بعد تیسری۔ ہچکیاں تھیں کہ رُکنے کا نام نہ لیتی تھیں۔ اِتنے میں وزیرِ اعظم صاحب حاضر ہُوئے اور ہاتھ باندھ کر بولے "غلام تسلیمات عرض کرتا ہے، عالی جاہ۔"

بادشاد سلامت نے جواب دینے کے لیے مُنھ کھولا تو اندر سے آواز آئی "ہچ۔" وزیر اعظم حیران تو ہُوئے مگر کُچھ بولے نہیں۔ سر جُھکا کر، ادب سے، ایک طرف کھڑے ہو گئے۔

تھوڑی دیر بعد فوج کا بڑا جرنیل آیا۔ اس نے کھٹ

سے سلوٹ کی اور پھر ہاتھ باندھ کر بولا "غلام سلام عرض کرتا ہے، عالی جاہ۔"

بادشاہ سلامت نے جواب دینے کے لیے مُنھ کھولا ہی تھا کہ اندر سے آواز آئی "ہچ۔" جرنیل نے تعجب سے بادشاہ سلامت کو دیکھا اور پھر ادب سے ایک طرف کھڑا ہو گیا۔

اب جو آتا اور بادشاہ سلامت کو سلام کرتا تو ان کے مُنھ سے سوائے "ہچ" کے اور کچھ نہ نکلتا۔ ایک پڑوسی مُلک نے اندھیر نگر پر چڑھائی کرنے کی دھمکی دی تھی اور وزیرِ اعظم اس بارے میں بادشاہ سلامت سے مشورہ کرنا چاہتے تھے۔

فوجی سپاہی بہت دِنوں سے تنخواہ کی کمی کا رونا رو رہے تھے اور جرنیل بادشاہ سے اُن کی تنخواہ بڑھانے کے بارے میں بات کرنا چاہتا تھا۔

خزانے کا وزیر بادشاہ کو یہ بتانا چاہتا تھا کہ بارشیں نہ ہونے کی وجہ سے فصلیں خراب ہو گئی ہیں، اس لیے کسانوں نے لگان دینے سے اِنکار کر دیا ہے۔

اسی طرح حکومت کے اور بہت سے کارندے اپنی اپنی درخواستیں لے کر بادشاہ سلامت کی خدمت میں حاضر

ہوئے تھے، مگر بادشاہ سلامت کے پاس اس سب باتوں کا ایک ہی جواب تھا، "ہچ"

سارا دن بادشاہ سلامت کو ہچکیاں آتی رہیں۔ وہ رات کو مسہری پر سونے لیٹے تو اس وقت بھی ہچکیاں لے رہے تھے صُبح سو کر اُٹھے تو اس وقت بھی ہچکیاں لے رہے تھے۔ آخر تنگ آ کر اُنھوں نے وزیرِ اعظم کو بُلایا اور اُن سے کہا " ہمیں.... ہچ..... کل سے ہچ..... ہچکیاں آ رہی..... ہچ.....ہیں..... ہچ..... رُکنے کا نام ہی..... ہچ.........نہیں لیتیں..... ہچ"

وزیرِ اعظم بولے "حضُور، جیسا میں کہوں، ویسا کیجیے۔ ہچکیاں بند ہو جائیں گی"

بادشاہ سلامت نے کہا "جلدی..... ہچ..... بتاؤ ہچ..... توبہ..... ہچ..... مر گئے..... ہچ"

وزیرِ اعظم بولے " ہے تو گستاخی مگر ہچکیاں روکنے کا اس سے اچھا طریقہ اور کوئی نہیں۔ حضُور سر کے بَل کھڑے ہو جائیں اور سانس روک لیں۔ ایک سکنڈ میں ہچکیاں رُک جائیں گی"

بادشاہ سلامت فوراً سر نیچے، ٹانگیں اُوپر کر کے

کھڑے ہو گئے اور سانس روک لی۔ اُن کا مُنھ ٹماٹر کی طرح سُرخ ہو گیا۔ مگر ہچکیاں نہیں رُکیں۔ اب انھوں نے فوج کے بڑے جرنیل کو بُلوایا اور اس سے کہا "ہمیں کل سے ...... ہچ ..... ہچکیاں... ہچ ..... ہچکیاں ..... ہچ ... آ رہی ہیں .... ہچ۔"

جرنیل بولا "حضور، ایک ترکیب ہے۔ میرے ابا جان پر بھی ہچکیوں کا دورہ پڑا تھا۔ اُنھوں نے اس ترکیب پر عمل کیا تو فوراً ہچکیاں بند ہو گئیں۔ جان کی امان پاؤں تو عرض کروں۔"

"جلدی بتاؤ.... ہچ .... وہ .... ہچ ..... ترکیب... ہچ .... کیا ہے؟ ... ہچ۔" بادشاہ سلامت نے پُوچھا۔

جرنیل بولا۔ "حضور، گھوڑے پر اس طرح سوار ہوں کہ مُنھ گھوڑے کی دُم کی طرف ہو اور پیٹھ اس کی گردن کی طرف۔ پھر بڑے بازار کا چکر لگائیں۔ ہچکیاں رُک جائیں گی۔"

بادشاہ سلامت نے شاہی اصطبل سے عربی گھوڑا منگوایا اور اس پر اُلٹے سوار ہو کر محل سے باہر نکلے۔ جس نے دیکھا، بغلوں میں مُنھ کر کے خُوب

ہنسا۔ لیکن بادشاہ سلامت کی ہچکیاں اس پر بھی نہ رُکیں۔ وہ راستے بھر ہچ ہچ کرتے گئے اور جب واپس آئے، تب بھی ہچ ہچ کر رہے تھے۔

اب اُنھوں نے اپنے ڈاکٹر کو بُلوایا۔ یہ ڈاکٹر اپنے فن میں بہت ماہر تھا۔ ہر قسم کے مرض کو چُٹکی بجاتے میں دُور کر دیتا تھا۔ بادشاہ سلامت نے اس سے کہا "ہمیں کل سے ہچ.... ہچکیاں... آ رہی ہیں..... ہچ..... وزیرِ اعظم نے ترکیب بتائی ہچ..... جرنیل نے.... ہچ... ترکیب بتائی... ہچ.....مگر کوئی فائدہ..... ہچ.... نہیں ہُوا..."

ڈاکٹر نے اپنا بیگ کھولا، ایک گولی نکالی اور بولا "حضُور، یہ گولی پانی سے نِگل لیجیے۔ ہچکیاں رُک جائیں گی۔"

بادشاہ سلامت نے گولی کھا لی۔ مگر خاک فائدہ نہ ہُوا۔ ہچکیوں کا تانتا بندھا ہُوا تھا۔ اب تو سب ہی پریشان ہو گئے۔ آخر ملکہ کے کہنے پر شہر میں ڈُگی پٹوا دی گئی کہ جو شخص بادشاہ سلامت کی ہچکیاں روک دے گا، اُسے دس ہزار رُوپیہ نقد اور ایک عربی گھوڑا انعام دیا جائے گا۔

دوسرے دن ایک چھوٹا سا بونا محل میں آیا اور اُس نے کہا "میں بادشاہ سلامت کی ہچکیاں بند کر دوں گا۔" اس کی بات جس نے سُنی، ہنس ہنس کر بے حال ہو گیا۔

"ہا ہا ہا !" وزیرِ اعظم نے زور کا قہقہہ لگایا۔
"ہو ہو ہو !" جرنیل بھی بے ساختہ ہنس پڑا۔
"ہی ہی ہی !" ملکہ بھی خوب ہنسیں۔

"تم ہاتھ بھر کے تو ہو۔ بادشاہ سلامت کی ہچکیاں کیسے بند کرو گے ؟" اُنھوں نے کہا۔

بونا بولا " آپ مجھے بادشاہ سلامت سے ملائیے تو۔ پھر جتنا جی چاہے ہنس لینا۔"

وزیرِ اعظم نے بادشاہ سلامت کو خبر کی۔ وہ دوڑے دوڑے آئے اور جب بونے کو دیکھا تو ہنس ہنس کر دوہرے ہو گئے۔ بولے "تم ۔۔ ہا ہا ہا ۔۔ تم میری ہچکیاں روکو گے ہ ۔۔ ہو ہو ہو ۔۔ تم اتنے سے تو ہو ۔۔۔ بالکل میرے ہاتھ برابر ۔۔ ہی ہی ہی ۔" بادشاہ سلامت دیر تک ہنستے رہے اور ہنسنے سے ہچکیاں رُک گئیں۔

بونا بولا " حضور کی ہچکیاں بند ہو گئی ہیں ، عالی جاہ۔ میرا انعام دلوائیے۔"

تین بھائی

اِیران کے کسی گاؤں میں ایک بُوڑھا قالین ساز رہتا تھا۔ ایسے خُوب صُورت قالین بناتا کہ جو دیکھتا بس دیکھتا ہی رہ جاتا۔ دُور دُور تک اس کی دُھوم مچی ہُوئی تھی۔ بڑے بڑے بادشاہ، شہزادے اور امیر زادے اُس کے گاہک تھے۔

اس بُوڑھے قالین ساز کے تین بیٹے تھے۔ تاشی، ماشی اور ساشی۔ جب بُوڑھے کی کمر جُھک کر کمان بن گئی اور ہاتھ پیر جواب دے گئے تو اس نے بیٹوں کو بُلایا اور کہا "اب یہ کام تم سنبھالو۔ میں گھر میں بیٹھ کر اللہ اللہ کروں گا۔ مگر دیکھو! میں نے ساری عُمر محنت اور ایمان داری سے کام کیا ہے۔ تم بھی ایسا ہی کرنا

اور میرے نام پر بٹا نہ لگانا۔"

تینوں بیٹوں نے سچے دل سے وعدہ کیا اور کام میں جُٹ گئے۔ تاشی کاغذ پر قالینوں کے نمونے بناتا، ماشی اُونی دھاگے رنگتا اور ساشی ان سے قالین بُنتا۔

اُنھی دنوں ایران کے شہزادے نے اپنے وزیر سے کہا "شادی کے دِن میں شہزادی کو کیا تحفہ دُوں؟"

وزیر نے کچھ دیر سوچا، پھر ہاتھ باندھ کر بولا "حضُور، قالین سے اچھا تحفہ کیا ہوگا۔"

شہزادے نے اُسی وقت سارے مُلک میں ڈھنڈورا پٹوا دیا کہ تمام قالین ساز ایک ایک قالین بنا کر ہماری خدمت میں پیش کریں۔ جس کاری گر کا قالین سب سے اچھا ہوگا، اُسے مُنھ مانگا اِنعام دیا جائے گا۔

یہ خبر تاشی، ماشی اور ساشی نے بھی سُنی۔ تاشی نے نمُونہ بنانا شرُوع کیا اور جب وہ بن گیا تو تاشی کے دِل میں بے اِیمانی آ گئی۔ لالچ نے اُسے اندھا کر دیا۔ اس نے بھائیوں سے کہا:

"سارا اِنعام میں لُوں گا۔ اگر میں نمُونہ نہ بناؤں تو تُمھیں کون پُوچھے۔"

ماشی نے بھنّا کر کہا "اور اگر میں دھاگے نہ رنگوں تو

تمھارا موُنہ کس کام کا۔ اس لیے سارا اِنعام مجھے ملنا چاہیے۔"

ساشی بولا" اور اگر میں کھڈی پر قالین نہ بُنوں تو تُمھارے موُنے اور دھاگے کوئی شہد لگا کر چاٹے گا؟ اِنعام کا حق دار تُم سے زیادہ، میں ہوُں۔"

اور اس طرح تینوں بھائی جھگڑ پڑے۔ اُدھر ایران کے ہر قالین ساز کی یہی کوشش تھی کہ وہ جلد سے جلد قالین بنا کر شہزادے کو پیش کر دے۔ مگر تاشی، ماشی اور ساشی آپس میں لڑ رہے تھے۔ اور شادی میں صرف ایک مہینہ رہ گیا تھا۔

آخر بوُڑھے باپ نے روز روز کی جخ جخ بک بک سے تنگ آکر تینوں بیٹوں کو بُلایا اور کہا" دو دو لکڑیاں لے کر آؤ۔"

بیٹے لکڑیاں لے آئے۔ باپ نے ایک لکڑی اُٹھا کر ان سے کہا" تُم اسے توڑ سکتے ہو؟"

لڑکے خوب ہنسے، بولے" بھلا یہ بھی کوئی مُشکل کام ہے۔ یہ تو ایک ہی جھٹکے میں ٹوُٹ جائے گی۔"

بوُڑھے نے لکڑیوں کا گٹھا بنایا۔ انھیں رسّی سے باندھا اور کہا" اچھا، اب توڑ کر دکھاؤ۔"

لڑکوں نے باری باری زور لگایا مگر کوئی بھی لکڑیوں کو نہ توڑ سکا۔ لکڑیوں کا گٹھا بہت مضبوط تھا۔

باپ نے کہا "میرے بیٹو! تمھارا حال بھی ان لکڑیوں کا سا ہے۔ جس طرح ایک اکیلی لکڑی کم زور ہے، اسی طرح تم اکیلے بھی کم زور ہو۔ اور جس طرح یہ ساری لکڑیاں مل کر مضبوط ہو گئی ہیں، اسی طرح تم بھی تینوں مل کر طاقت ور ہو سکتے ہو۔ تم میں سے اکیلا کوئی بھی انعام نہیں جیت سکتا۔ ہاں، تینوں مل کر کوشش کرو تو انعام تمھارا ہے۔"

لڑکوں نے شرم سے سر جھکا لیے۔ باپ کی بات ان کی سمجھ میں آ گئی تھی۔ انھوں نے ہاتھ ملائے، دل صاف کیے اور دل و جان سے کام میں لگ گئے۔ ایک مہینے بعد ان کا قالین تیار تھا۔

آہا! قالین کیا تھا، بس یوں لگتا تھا جیسے جنت کی حوروں نے چاند کی کرنوں سے بُنا ہے اور دھنک کے ساتوں رنگ اس میں سمو دیے ہیں۔

ایران کا شہزادہ بغداد کی شہزادی کو بیاہ کر لایا تو شان دار جشن منایا گیا۔

قالین سازوں نے ایک سے ایک بڑھیا قالین شہزادی

کی خدمت میں پیش کیا مگر شہزادی کو تاشی، ماشی اور ساشی کا قالین پسند آیا اور وہ اسے دیکھ کر جھوم اٹھی۔ تینوں بھائیوں کو مل جُل کر کام کرنے کا صلہ مل گیا۔

آج بھی تاشی، ماشی اور ساشی کی دُکان کے دروازے پر لکڑیوں کا وہ گٹھا لٹکا ہوا ہے۔ جب وہ اسے دیکھتے ہیں تو انھیں باپ کی نصیحت یاد آجاتی ہے۔

تم کہاں ہو؟

کسی گاؤں میں ایک چڑی مار رہتا تھا۔ بہت ظالم، کٹھور اور بے درد۔ جنگل کے پرندے ہی اس سے نفرت نہیں کرتے تھے، گاؤں والے بھی اس سے گھن کھاتے۔ وہ روز اندھیرے منھ جال لے کر جنگل میں گھس جاتا اور بیسیوں بے زبان پرندوں کو پکڑ کر بازار میں بیچ آتا تھا۔

ایک دن شام کو وہ جنگل سے گھر واپس آ رہا تھا۔ اس کے ایک کاندھے پر جال لٹکا ہوا تھا اور دوسرے پر پرندوں سے بھرا ہوا تھیلا۔ ایکا ایکی مغرب کی طرف سے گھن گھور گھٹا اٹھی اور دیکھتے ہی دیکھتے آسمان پر چھا گئی ــــ ایسا گھٹا ٹوپ اندھیرا چھایا کہ ہاتھ کو ہاتھ سجھائی نہ دیا۔ چڑی مار نے لمبے لمبے

ڈگ بھرے کہ جلدی گھر پہنچ جائے، پر ابھی تھوڑی ہی دُور گیا ہوگا کہ مُوسلا دھار بارش شروع ہو گئی۔

پاس ہی ایک درخت تھا۔ چڑی مار نے جال اور تھیلا اس کے نیچے رکھا اور خود تنے سے ٹیک لگا کر لیٹ گیا۔ وہ صبح چار بجے کا اُٹھا ہُوا تھا اور جنگل میں گھومتے پھرتے تھک بھی گیا تھا۔ لیٹتے ہی نیند آ گئی۔

ابھی آنکھ لگی ہی تھی کہ کانوں میں کسی کی آواز آئی۔ ایک باریک سی آواز کسی کو پُکار رہی تھی "کُو اُو — تم کہاں ہو؟ کُو اُو — تم کہاں ہو؟

چڑی مار نے آنکھیں کھول کر اِدھر اُدھر دیکھا۔ آس پاس کوئی بھی نہ تھا۔ برکھا برس رہی تھی۔ بجلی چمک رہی تھی۔ بادل گرج رہے تھے۔

"شاید میں سپنا دیکھ رہا تھا:" اس نے کہا اور پھر اُونگھنے لگا۔

چند لمحوں بعد پھر وہی آواز آئی "کُو اُو — تم کہاں ہو؟ — کُو اُو — تم کہاں ہو؟"

چڑی مار نے لیٹے ہی لیٹے سر اُٹھا کر اُوپر دیکھا۔ درخت کے اُوپر ایک سوراخ میں ایک فاختہ بیٹھی تھی۔

یہ آواز اُسی کی تھی۔ اُس نے پھر کہا "کُوکُو! تم کہاں ہو؟
اچانک پرندوں والے تھیلے میں حرکت ہوئی اور کسی نے جواب دیا:
"کُوکُو۔۔۔میں یہاں ہُوں۔ کُوکُو۔۔۔میں یہاں ہُوں؟"
فاختہ نے کہا "آجاؤ! کب سے تمھاری راہ تک رہی ہوں۔ آجاؤ! آجاؤ!"
تھیلے میں سے آواز آئی "کیسے آؤں؟ میں تو اس تھیلے میں بند ہُوں۔"
فاختہ نے کہا "تھیلے کے بند توڑ دو۔ کپڑا پھاڑ دو۔ جلدی کرو۔ چڑی مار سو رہا ہے۔"
آواز آئی "میں نے بڑی کوشش کی۔ تھیلا بہت مضبوط ہے۔ باہر نہیں نِکل سکتا۔ نہیں نِکل سکتا۔"
فاختہ پھُوٹ پھُوٹ کر رونے لگی "کوئی آس نہیں۔ کوئی اُمید نہیں۔ ہائے ظالم! یہ تُو نے کیا کیا! میرا گھر اُجاڑ دیا۔ اللہ کرے تیرا بھی خانہ خراب ہو۔ تجھے دو گھڑی کی آئے۔ تیرے بیوی بچے بے آسرا ہو جائیں۔"
"صبر کرو، صبر!" تھیلے میں سے آواز آئی "رونے دھونے سے کوئی فائدہ نہیں۔"
فاختہ بولی "اگر میرے باز کے پنجے ہوتے تو میں

اس مُوذی کا مُنہ نوچ لیتی۔ اس کی آنکھیں نِکال لیتی۔ ٹھہرو! میں ابھی شیروں اور چیتوں کو بُلا کر لاتی ہُوں۔ وہ اِس کی ہڈیاں چبا جائیں گے۔"

"بیوی!" بھیلے میں سے آواز آئی "میرا اب آخری وقت ہے۔ کیا تم میری ایک بات مانوگی؟ یہ میری بس آخری خواہش ہے۔"

فاختہ بولی "کہو، کیا بات ہے؟"

"سُنو!" اس کے خاوند نے کہا "اِس درخت کے پیچھے ایک گہرا گڑھا ہے۔ اس میں پانی کھڑا رہتا ہے، جس سے درخت کی جڑیں کھوکھلی ہو گئی ہیں۔ آج رات یہ نہیں بچے گا۔ میرے خیال میں تو بس گرنے ہی والا ہے۔ اگر چڑی مار پر گِر گیا تو یہ دب کر مر جائے گا اور......"

"اور میرا کلیجا ٹھنڈا ہو جائے گا۔" فاختہ نے کہا "اِس ظالِم کی یہی سزا ہے۔ اب مجھے شیروں اور چیتوں کو بُلانے کی ضرورت نہیں۔"

"میری بات سُنو، بیوی!" شوہر بولا "تمھیں اِس کی جان بچانی ہے۔"

"جان بچانی ہے!" فاختہ کا مُنہ حیرت سے کُھلا کا

کھلا رہ گیا " اِس شیطان کی جس کے سینے میں دِل نہیں، پتھر ہے۔ جو بے شمار پرندوں کا قاتل ہے۔ نہیں نہیں۔ اِسے مرنے دو۔ اسے جہنم میں جانے دو۔"

"بیوی!" شوہر نے کہا۔ "تم نے وعدہ کیا تھا کہ تم میری آخری خواہش ضرور پوری کروگی۔ سُنو! تم سمجھتی ہو کہ اس دُنیا میں تم ہی دُکھی ہو۔ نہیں۔ اِنسان تم سے بھی زیادہ دُکھی ہے۔ ہم تو درختوں پر بسیرا کر کے، دانہ دُنکا چُگ کے، پھل پھُول کھا کے، ندی نالوں کا پانی پی کے گزارہ کر لیتے ہیں۔ لیکن اِنسان کو پیٹ پالنے کے لیے بہُت پاپڑ بیلنا پڑتے ہیں۔ انھیں چوٹی سے ایڑی تک پسینا بہانا پڑتا ہے تب کہیں دو وقت کی روٹی ملتی ہے۔

"اِس چڑی مار ہی کو لو۔ اس کی ایک بیوی ہے اور پانچ بچے۔ یہ اُن سب کا پیٹ پالتا ہے۔ کپڑے لتّے کا بندوبست کرتا ہے۔ اگر یہ مر جائے تو اس کے بیوی بچوں کا کیا ہوگا؟ اس پر نہیں تو اس کے بیوی بچوں پر رحم کھاؤ۔"

فاختہ خاموش تھی۔ درخت خاموش تھے۔ پتّے اور شاخیں خاموش تھیں۔ جیسے سب سوچ رہے ہوں کہ اِس ظالم

انسان کی جان بچانا چاہیے یا نہیں۔ پھر اچانک فاختہ نے پَر پھڑپھڑائے، سوراخ میں سے نکلی، چڑی مار کے پاس آئی اور اُس کے منھ پر زور سے پَر مارے۔

چڑی مار ہڑبڑا کر اُٹھ بیٹھا۔ اُس نے اِدھر اُدھر دیکھا اور بولا "اُف! کیسا بھیانک سپنا تھا" پھر اچانک اُسے فاختہ اور اس کے خاوند کی باتیں یاد آ گئیں۔ وہ جلدی سے اُٹھا اور درخت سے دُور ہٹ گیا۔ اسی لمحے درخت کی جڑیں چرچرائیں۔ اس نے زور کا جھکولا کھایا اور پھر دھڑام سے زمین پر گر پڑا۔

چڑی مار منھ پھاڑے کھڑا رہا۔ پھر آہستہ آہستہ اُس کے ہوش ٹھکانے آئے۔ وہ ہولے ہولے درخت کے پاس آیا، تھیلا اُٹھایا اور اسے کھول کر سارے پرندے اُڑا دیے۔ پھر اُس نے جال کو ٹھوکر ماری اور سر جُھکائے گھر کی طرف چل دیا۔

اب بھی وہ جنگل میں آتا ہے۔ مگر اب کوئی طوطا اُسے دیکھ کر نہیں ڈرتا۔ کوئی فاختہ اُسے دیکھ کر گھونسلے میں نہیں دبکتی۔ کوئی تیتر اسے دیکھ کر بھٹ میں نہیں گُھستا۔ اب وہ چڑی مار نہیں، لکڑہارا ہے اور لکڑیاں بیچ کر اپنا اور اپنے بال بچّوں کا پیٹ پالتا ہے۔

کہانی میں کہانی

کسی گاؤں میں ایک سادھو رہتا تھا۔ وہ بہت رحم دِل اور خُدا ترس تھا۔ اِنسان تو اِنسان جانور بھی اُس کے گُن گاتے تھے، اور جب کوئی مُصیبت پڑتی تو اس کے پاس دوڑے دوڑے جاتے۔ وہ سب کی مدد کرتا اور کسی سے کچھ نہ لیتا۔

ایک دِن یہ سادھو کہیں جا رہا تھا۔ راستے میں، ایک جھیل کے پاس، اسے ایک کیکڑا مِلا۔ کیکڑے نے اسے روک لیا اور سلام کر کے کہنے لگا "میں نے سُنا ہے، آپ خُدا کے بندوں کی مدد کرتے ہیں۔"

سادھو کہنے لگا "مجھے یہ سُن کر خُوشی ہُوئی کہ لوگ میرے مُتعلق ایسے خیالات رکھتے ہیں۔ بتاؤ، میں تمھاری

کیا مدد کر سکتا ہوں ؟"

کیکڑا بولا " میں بہت دُکھی ہوں اور میرے دُکھ کی وجہ یہ جھیل ہے ۔"

سادھو نے پوچھا " اِس جھیل نے تمھیں کیا دُکھ پہنچایا ہے ؟"

کیکڑے نے کہا " جھیل تو نہیں ، جھیل پر آنے والے لوگ مجھے بہت دُکھ دیتے ہیں ۔ روزانہ بیسیوں آدمی یہاں آ کر کوڑا کرکٹ اور گندگی پھینک جاتے ہیں۔ گاؤں کی عورتیں بھی کپڑے یہیں آ کر دھوتی ہیں ، جس سے جھیل کا پانی گندا ہو گیا ہے اور مجھے خطرہ ہے کہ کہیں میں بیمار نہ ہو جاؤں ۔"

" بتاؤ ، میں تمھیں اس دُکھ سے کیسے نجات دلا سکتا ہوں ؟" سادھو نے پوچھا ۔

کیکڑا بولا " میں نے سُنا ہے پانچ چھ میل اُدھر ، ایک دریا ہے ۔ اُس کا پانی بہت پاک اور صاف ہے ، کیوں کہ وہاں بہت کم لوگ جاتے ہیں ۔ مہربانی کر کے مجھے وہاں چھوڑ آیئے ۔ میں خود اِتنی دُور نہیں جا سکتا ۔"

" یہ کون سا مُشکل کام ہے ۔" سادھو نے کہا میں

اسی طرف جا رہا ہوں۔ آؤ میرے کشکول میں بیٹھ جاؤ۔ میں تمھیں وہاں چھوڑ دوں گا۔"

کیکڑا بولا "آپ کی اس عنایت کا بہت بہت شکریہ۔ شاید کسی دن میں بھی آپ کے کسی کام آ سکوں اور آپ کے اس احسان کا بدلہ چکا دوں۔"

سادھو مسکرایا۔ بولا "بھئی، تم میرے کس کام آ سکتے ہو۔ میں انسان ہوں اور تم ایک چھوٹے سے جانور۔ اور پھر تم پانی میں رہتے ہو، میں خشکی پر۔"

"اس سے کوئی فرق نہیں پڑتا۔" کیکڑے نے کہا "دوست چاہے کیسا ہی ہو، وقت پر کام آ ہی جاتا ہے۔ آپ نے کوّے، چوہے، ہرن اور کچھوے کی کہانی نہیں سنی؟"

سادھو بولا "نہیں۔ مہربانی کر کے سناؤ۔ اس طرح راستہ بھی آسانی سے کٹ جائے گا۔"

کیکڑے نے گلا صاف کیا۔ پھر بولا "اسی جنگل میں ایک کوّا، ایک چوہا، ایک ہرن اور ایک کچھوا رہتا تھا۔ چاروں آپس میں گہرے دوست تھے۔ روز شام کو کام کاج سے فارغ ہو کر، جھیل کنارے، نرم نرم ریت پر بیٹھ جاتے اور ایک دوسرے کو دن بھر کی خبریں

سُناتے۔ کوّا پرندوں کی باتیں سُناتا، ہرن جنگلی جانوروں کی چُوہا زمین کے اندر رہنے والے جانوروں کی اور کچھوا جھیل کی مچھلیوں، کیکڑوں اور کچھووں کی۔

"ایک دِن شام کو کچھوا۔ چُوہا اور کوّا جھیل کے کنارے بیٹھے ہرن کا اِنتظار کر رہے تھے، جو نہ جانے کیوں ابھی تک نہیں آیا تھا۔ کچھوا کہنے لگا "حیرت کی بات ہے۔ ہرن کیوں نہیں آیا! اِتنی دیر تو اُس نے پہلے کبھی نہیں کی تھی۔"

چُوہا بولا "کسی مُصیبت میں نہ پھنس گیا ہو۔ چند روز سے جنگل میں ایک شکاری آیا ہُوا ہے۔ یہ بات مجھے چمگادڑ نے بتائی تھی۔"

کوّا کہنے لگا "چل کر دیکھنا چاہیے۔ شاید اسے ہماری مدد کی ضرورت ہو۔ کچھوے میاں، تُم یہیں ٹھہرو۔ ہم ابھی آتے ہیں۔"

یہ کہہ کر کوّے نے اُڑان بھری۔ چُوہے نے بھی دوڑ لگا دی۔ ابھی تھوڑی ہی دُور گئے ہوں گے کہ کوّے کو ایک ہرن نظر آیا جو ایک جھاڑی کے پاس کھڑا تھا۔ اس نے پاس جا کر دیکھا تو وہ اس کا دوست تھا۔ ہرن کوّے کو دیکھ کر پہلے تو خُوش ہُوا، پھر

آنکھوں میں آنسو بھر کے بولا "پیارے دوست، میں کسی ظالم شکاری کے پھندے میں پھنس گیا ہوں۔ پھندے کی رسّی اِتنی مضبوط ہے کہ میں تو میں، شیر بھی اسے نہیں توڑ سکتا۔ اب میں چند لمحوں کا مہمان ہوں۔ شکاری آتا ہی ہوگا۔ تُم جاؤ اور مُجھے میرے حال پر چھوڑ دو۔"

"مایُوس نہ ہو، میرے دوست۔" کوّا بولا "دوست وہ ہے جو مُصیبت میں دوست کے کام آئے۔ چُوہا میرے پیچھے پیچھے آ رہا ہے۔ وہ پھندے کی رسّی کُتر دے گا اور تُم آزاد ہو جاؤ گے۔"

وہ یہ کہہ ہی رہا تھا کہ چُوہا آ گیا اور اُس نے آتے ہی رسّی کو اپنے تیز نُکیلے دانتوں سے کاٹنا شرُوع کر دیا۔ رسّی بہُت موٹی تھی۔ چُوہے کے کاٹنے میں دیر لگی۔ اُدھر کچھوا اُن کی راہ تک رہا تھا۔ جب ان کے آنے میں دیر ہُوئی تو اُس سے صبر نہ ہو سکا اور وہ ان کی تلاش میں نِکل کھڑا ہُوا۔

آخر دو گھنٹے کی کوشِش کے بعد چُوہا رسّی کاٹنے میں کام یاب ہو گیا۔ کوّا، ہرن اور چُوہا واپس جانے کے لیے مُڑے ہی تھے کہ کوّا کچھوے کو دیکھ کر بولا "ہرن شکاری کے پھندے میں پھنس گیا تھا۔ چُوہے

نے پھندا کاٹ کر اسے آزاد کرا لیا ہے۔ مگر بھائی کچھوے، تمھیں یہاں نہیں آنا چاہیے تھا۔ اندھیرا چھا رہا ہے۔ شکاری آتا ہی ہوگا۔ ہم تو اِدھر اُدھر بھاگ کر جان بچا لیں گے مگر تُم....... خبردار! دیکھو، وہ آ گیا۔"

یہ کہہ کر کوّا درخت کی ٹہنی پر جا بیٹھا، چوہا ایک بھٹ میں گھس گیا اور ہرن گھنی جھاڑی میں جا چھُپا۔ بے چارہ کچھوا وہیں رہ گیا۔ اس سے اور تو کچھ نہ ہو سکا، شکاری کو دیکھ کر اُس نے اپنی گردن خول کے اندر کر لی۔

شکاری نے پھندا کٹا ہوا دیکھا تو اُسے بہت غصّہ آیا۔ اچانک اس کی نظر کچھوے پر پڑی تو اُس نے جھک کر اُسے اُٹھا لیا اور بولا "چلو، ہرن نہ سہی کچھوا ہی سہی۔ آج اسی کی یخنی پیوں گا۔" اس نے کچھوے کو تھیلے میں ڈالا، تھیلے کا مُنہ بند کیا اور چل پڑا۔

ہرن اور چوہا پھُوٹ پھُوٹ کر رونے لگے۔ ہرن کہنے لگا "یہ سب میرا قصور ہے۔ نہ میں پھندے میں پھنستا اور نہ ایسا ہوتا۔"

چوہا بولا " اُس نے بھی تو بے وقوفی کی۔ یہاں آنے

کی کیا ضرورت تھی بھلا؟"

ان تینوں میں کوّا زیادہ عقل مند تھا، بولا "اب رونے دھونے اور اپنے آپ کو کوسنے سے کیا فائدہ۔ ہمیں اپنے دوست کو چھڑانے کی کوئی ترکیب سوچنی چاہیے۔ آہا! یہ ٹھیک رہے گا۔ سُنو، کان اِدھر لاؤ۔" دونوں نے اپنے کان کوّے کی چونچ سے لگا دیے۔

شکاری کچھوے کو تھیلے میں ڈالے مگن چلا جا رہا تھا کہ اچانک اُس کے قدم رُک گئے۔ سامنے پچاس ساٹھ قدم کے فاصلے پر ایک ہرن زمین پر پڑا تھا اور ایک کوّا اس پر بیٹھا ٹھونگیں مار رہا تھا۔ شکاری نے سوچا "ہو نہ ہو، یہی وہ ہرن ہے جو میرا پھندا توڑ کر نکل بھاگا ہے۔" اس نے تھیلا زمین پر رکھا اور ہرن کی طرف دوڑا۔ عین اُسی وقت ایک عجیب بات ہُوئی۔ مُردہ ہرن جھرجھری لے کر اُٹھا اور چوکڑیاں بھرتا ہُوا گھنی جھاڑیوں میں غائب ہو گیا۔ شکاری ہکّا بکّا اسے دیکھتا رہا۔ اُدھر چُوہے نے تھیلے کا بند کاٹ کر کچھوے کو باہر نِکال لیا۔

تھوڑی دیر بعد جب شکاری کے حواس بجا ہُوئے تو وہ اپنے تھیلے کی طرف لپکا۔ مگر ایں! یہ کیا! تھیلا

کھلا پڑا تھا اور کچھوا غائب تھا۔ شکاری نے چیخ کر کہا "اس جنگل میں بھوتوں کا بسیرا ہے۔ یہاں مُردہ ہرن دوڑنے لگتے ہیں اور کچھوا تھیلے کا بند کھول کر باہر نکل جاتا ہے۔ بھاگو یہاں سے" اور پھر وہ ایسا بھاگا کہ پیچھے مُڑ کر بھی نہ دیکھا۔

کہانی ختم کر کے کیکڑے نے سادھو سے پُوچھا "آپ نے اس کہانی سے کچھ سیکھا؟"

"بہت کچھ۔" سادھو نے کہا "دوستی کہیں سے بھی ملے، ضرور حاصل کرنی چاہیے۔"

وہ کافی دُور نکل آئے تھے۔ دوپہر ہو گئی تھی۔ سُورج سر پر آ گیا تھا۔ سادھو نے سوچا "کچھ دیر آرام کر لوں، پھر آگے چلوں گا۔" پاس ہی برگد کا ایک بوڑھا درخت تھا۔ وہ درخت کے نیچے پاؤں پسار کر لیٹ گیا۔ لیٹتے ہی نیند آ گئی۔

اب آگے سُنیے۔ اس درخت کی کھوہ میں ایک زہریلا سانپ رہتا تھا۔ اس سانپ کی ایک کوّے سے دوستی تھی۔ جب کوئی بھولا بھٹکا، تھکا ماندہ مُسافر پیڑ تلے ستانے کو بیٹھتا تو کوّا کائیں کائیں کر کے سانپ کو خبر کر دیتا اور سانپ کھوہ میں سے نکل کر مُسافر کو ڈس لیتا۔ پھر دونوں اسے ہڑپ کر جاتے۔

اب کے بھی ایسا ہی ہُوا۔ سادھو کی آنکھ لگی ہی

تھی کہ کوّے نے سانپ کو خبر کر دی۔ سانپ پھنکارتا ہُوا باہر نکلا اور مُسافر کے کاٹ لیا۔ پھر اُس نے کوّے کو آواز دی۔ کوّا نیچے اُترا تو اُسے زمین پر تھیلا پڑا ہُوا دکھائی دیا۔ اُس نے سوچا، ضرور اس میں کوئی مزے دار چیز ہے۔ پہلے اسے کھانا چاہیے۔ اس نے تھیلے کے اندر چونچ ڈالی تو کیکڑے نے اپنے بازوؤں میں اس کی گردن جکڑ لی۔ کوّا درد سے بلبلا اُٹھا اور بے تماشا چیخیں مارنے لگا۔ سانپ یہ خوف ناک چیخیں سُن کر ڈر گیا اور گھبرا کر کھوہ میں گھُس گیا۔

کوّا چیخ چیخ کر کہہ رہا تھا "مجھے چھوڑ دو۔ خدا کے لیے مجھے چھوڑ دو۔

"ہرگز نہیں۔ تو نے میرے دوست کو مارا ہے۔ میں تجھے ہرگز نہیں چھوڑوں گا۔"

"مجھے مت مارو۔ میں تمھارے دوست کی جان بچا لوں گا۔" کوّے نے کہا "میں اس کے جسم سے سارا زہر چوس لوں گا۔ پھر وہ بچ جائے گا۔"

"تو پھر جلدی کرو۔" کیکڑے نے کہا اور اس کی گردن پر سوار ہو گیا۔ کوّا گھسٹتا ہُوا سادھو کے پاس

گیا اور اس کے زخم پر چونچ رکھ کر سارا زہر چُوس لیا۔ سادھو نے آنکھیں کھول دیں اور اِدھر اُدھر دیکھنے لگا۔ اس کے پاس ایک کوّا بیٹھا تھا اور اس کی گردن سے اس کا دوست کیکڑا چمٹا ہُوا تھا۔ یہ دیکھ کر اسے بہت تعجّب ہُوا۔ اس نے کیکڑے سے پوچھا :

"یہ کیا قِصّہ ہے؟ تم اس بے چارے کوّے کی گردن پر کیوں سوار ہو؟"

کیکڑا بولا "یہ بے چارہ نہیں، بڑا مُوذی ہے۔" پھر اُس نے ساری کہانی کہہ سُنائی۔

کوّے نے کیکڑے سے کہا "اب اپنا وعدہ پُورا کرو۔ مجھے چھوڑ دو۔"

"تم نے کتنے مُسافروں کو چھوڑا ہے؟" کیکڑے نے پُوچھا۔ پھر کوّے کی اتنے زور سے گردن دبائی کہ اس کی آنکھیں باہر نکل آئیں۔

سادھو نے کہا "بھائی کیکڑے، تم نے کوّے سے وعدہ کیا تھا کہ تم اُسے چھوڑ دوگے۔ تم نے اُسے کیوں مار ڈالا؟"

"دُشمن پر کبھی بھروسا نہیں کرنا چاہیے۔" کیکڑے نے کہا "اگر میں اسے چھوڑ دیتا تو وہ سانپ کو بلا لاتا اور وہ ہم دونوں کو مار ڈالتا۔"

نک چڑھی شمّو

امی جان نے دسترخوان بچھایا ہی تھا کہ شمّو اسکول سے آ گئی۔ اس نے پہلے کپڑے بدلے، پھر منھ ہاتھ دھویا۔ کھانا کھانے بیٹھی تو امی نے پوچھا:

"آج اسکول میں کیا ہوا، شمّو؟"

شمّو نے نوالہ بنا کر منھ میں رکھا اور بولی "امی، آج بڑا مزا آیا۔ اُستانی نے مجھ سے کہا کہ شمّو۔ چپراسی نے میری میز اچھی طرح صاف نہیں کی۔ تم صاف کر دو۔ معلوم ہے میں نے کیا جواب دیا؟ میں نے کہا، واہ! بہت اچھے! میں کوئی نوکرانی ہوں، آپ خود صاف کر لیجیے۔

"یہ سننا تھا کہ تمام بچے کھِل کھِلا کر ہنس پڑے۔ اُستانی کو یہ بات بہت بُری لگی۔ اُنھوں نے مجھے کھڑا کر دیا۔

آدھ گھنٹے تک میں دیوار کی طرف مُنھ کیے کھڑی رہی۔ ٹانگیں دُکھنے لگیں۔ مگر خیر کوئی پروا نہیں۔ اُستانی صاحبہ کو معلوم ہو گیا کہ میں کوئی ایسی ویسی لڑکی نہیں ہوں۔"

امّی کے ماتھے پر بل پڑ گئے، بولیں "بیٹی، یہ تم نے بہت بُرا کیا۔ بڑوں کو مُنھ پھاڑ کر جواب نہیں دیا کرتے۔ اور وہ تو تمھاری اُستانی ہیں۔ اُستاد کا درجہ ماں باپ سے اُونچا ہوتا ہے۔ کل اُن سے معافی مانگنا۔"

شمّو تنک کر بولی "معافی مانگے میری جُوتی۔ میں کیا اُن کی نوکر ہوں۔ بڑی آئی لاٹ صاحب کی بچّی۔"

امّی نے ڈانٹ کر کہا "بند کرو یہ بکواس —— جاؤ کمرے میں بیٹھ کر پڑھو۔ آج تمھارا کھیل کُود بند۔ یہی تمھاری سزا ہے۔"

شمّو نے مُنھ لٹکا لیا، بھویں سُکیڑ لیں۔ پیر پٹختی ہوئی اُٹھی اور کمرے میں گھس کر کھٹاک سے دروازہ بند کر لیا۔

شام کو کھانے کے وقت شمّو اچھی بھلی تھی۔ ہنس ہنس کر باتیں کر رہی تھی۔ کھانا ختم ہوا تو ابّا جان بولے "شمّو بٹیا، امّی کی طبیعت خراب ہے۔ پلیٹیں دھو کر الماری میں رکھ دو۔"

شمّو نے مُنھ لٹکا لیا، بھویں سُکیڑ لیں اور بولی

"کھانا تو آپ نے بھی کھایا ہے۔ آپ کیوں نہیں دھو لیتے؟"

ابّا جان کو شمّو کی یہ بدتمیزی بہت بُری لگی۔ کوئی اور وقت ہوتا تو وہ اُسے اچھی طرح جھاڑتے، مگر خبروں کا وقت ہو گیا تھا۔ وہ چُپ چاپ اُٹھے اور ریڈیو کھول کر خبریں سُننے لگے۔ بے چاری امّی نے چُوں توں کر کے برتن دھوئے اور شمّو بیٹھی ٹُکر ٹُکر دیکھتی رہی۔

دُوسرے دن صُبح کو امّی بولیں "بیٹی، جلدی سے تیار ہو جاؤ۔ میں نے ناشتا لگا دیا ہے۔ سکُول کی بس آتی ہو گی۔"

شمّو فراک پہنتے ہُوئے بولی "آدمی ہُوں کہ مشین؟ پہنتے پہنتے ہی پہنوں گی۔ آپ کو تو ہر وقت جلدی پڑی رہتی ہے۔"

ابّا جان پاس ہی کھڑے تھے۔ اُنھیں غصّہ تو بہت آیا، پر پی گئے کیوں کہ یہ سکُول کا وقت تھا۔ وہ نہیں چاہتے تھے کہ شمّو روتی ہُوئی گھر سے نکلے۔ پھر بھی اُنھوں نے اِتنا کہہ دیا "شمّو، اپنا دماغ دُرست کرو۔ اِتنی بدتمیزی اچھی نہیں ہوتی۔"

شمّو نے منہ پھُلا لیا، تیوری چڑھا لی اور اُلٹا سیدھا ناشتا کرنے لگی۔

امّی بولیں "ذرا صُورت تو دیکھو۔ کتنی خُوب صُورت بنائی ہے آئینہ دکھاؤں؟"

شمّو نے چمچہ پلیٹ میں پٹخ دیا اور بیگ اُٹھا کر جانے لگی۔ امّی نے آواز دی "پیچھے سے فراک کھُلا ہے۔ اِدھر آؤ۔ بٹن لگا دُوں۔"

شمّو نے پیچھے مُڑ کر دیکھا اور تیوریوں پر بَل ڈال کر بولی "شکریہ۔ آپ تکلیف نہ کریں۔ میں خود لگا لُوں گی۔" یہ کہا اور کھٹاک سے دروازہ بند کر کے چلی گئی۔

"اِس لڑکی کو کیا ہو گیا ہے؟" ابّا جان نے امّی سے پُوچھا۔

"میں خُود حیران ہُوں۔" امّی بولیں "روز بروز گستاخ ہوتی جا رہی ہے۔" پھر کُچھ سوچ کر بولیں "میں آپا نُور کے پاس جا رہی ہُوں۔ ان سے مشورہ کروں گی۔ شاید وہ کوئی عِلاج بتا دیں۔"

آپا نُور شمّو کی امّی کی سہیلی تھیں۔ وہ انھیں دیکھ کر حیران رہ گئیں۔ بولیں "بہن، خیر تو ہے؟ یہ آج صُبح ہی صُبح کیسے؟"

امّی بولیں "کیا بتاؤں۔ ایک اُلجھن میں گرفتار ہوں۔ شمّو کو تو تم جانتی ہی ہو۔" اور یہ کہہ کر شرُوع سے آخر تک ساری بات بتا دی۔

آپا نُور بولیں "گھبراؤ نہیں، بہن۔ خُدا نے چاہا تو سب ٹھیک ہو جائے گا۔ میرا اختر بھی ایسا ہی بدتمیز اور نک چڑھا ہو گیا تھا۔ خُدا کا کرنا، ایک ڈاکٹر مل گیا۔ اُس نے ایسا اچھا علاج کیا کہ چند ہی روز میں اُس کی ساری بدتمیزی اور گستاخی جاتی رہی۔"

امّی نے کہا "بہن، خُدا کے لیے اس ڈاکٹر کا پتا مجھے بھی بتاؤ۔"

آپا نُور ہنس کر بولیں "پتا کیا بتاؤں، وہ تو میرے گھر میں موجُود ہے۔" یہ کہہ کر باہر گئیں اور برآمدے میں سے طوطے کا پنجرا لے آئیں۔

"یہ ہے وہ ڈاکٹر۔ اِسے گھر لے جاؤ۔ چند ہی روز میں تمھاری شمّو کا دماغ دُرست کر دے گا۔"

امّی نے حیرت سے طوطے کو دیکھا اور پنجرا اُٹھا کر گھر لے گئیں۔

دوپہر کو شمّو سکُول سے آئی تو طوطا دیکھ کر خُوشی سے جھُوم اُٹھی۔ تالیاں بجا کر بولی "آہا! مٹھو میاں۔

امّی، آپ یہ میرے لیے لائی ہیں؟"

امّی نے کہا "ہاں بیٹی۔ پہلے کھانا کھا لو، پھر اس کے ساتھ باتیں کرنا۔"

شمّو کھانا کھانے بیٹھی تو میاں مِٹھّو نے آنکھیں جھپکائیں اور زور سے بولے "خُود کھا رہی ہے۔ مجھے نہیں دیتی۔"

شمّو ہنس پڑی۔ اُس نے روٹی کی چُوری بنا کر میاں مِٹھو کی کٹوری میں ڈال دی۔ میاں مِٹھو بولے "چُڑیل کہیں کی۔"

شمّو نے کہا "اے امّی۔ یہ تو بڑا بدتمیز ہے۔"

امّی نے کہا "بدتمیزوں کی صُحبت میں رہا ہے نا۔ اب تم تمیز سکھاؤ گی تو سیکھ جائے گا۔"

میاں مِٹھو نے پٹر پٹر آنکھیں جھپکیں اور بولے "بالکُل ٹھیک! بالکل ٹھیک! ٹیں ٹیں ٹیں۔"

شام کو ابّا جان آئے تو وہ بھی طوطے کو دیکھ کر بُہت خُوش ہُوئے۔ کھانے کے بعد اُنھوں نے شمّو سے کہا "بیٹی۔ تُمھاری امّی تھک گئی ہوں گی۔ پلیٹیں دھو کر الماری میں رکھ دو۔"

شمّو نے تھوتھنی سُجا لی، بھویں سُکیڑ لیں اور ایسا

بُرا مُنھ بنایا جیسے کوئی کڑوی چیز کھا لی ہو۔ میاں مِٹھو کا پنجرا پاس ہی ٹنگا ہُوا تھا۔ اُنھوں نے گردن موڑ کر شمّو کو دیکھا اور بولے "کیا میں نوکر ہُوں؟ کیا میں نوکر ہُوں؟ ٹَیں ٹَیں ٹَیں ٹَیں۔"

ابّا جان ہنسنے لگے، مگر شمّو کو بہُت غُصّہ آیا۔ اس نے زبان نِکال کر میاں مِٹھو کو دِکھائی۔ میاں مِٹھو بولے "سانپنی۔ سانپنی۔ سانپ زبان نکالتے ہیں۔" شمّو نے جلدی سے زبان اندر کر لی اور پلیٹیں اُٹھا کر باورچی خانے میں چلی گئی۔

دُوسرے دِن وہ ذرا دیر سے جاگی۔ کپڑے پہن رہی تھی کہ امّی نے باورچی خانے میں سے آواز دی "شمّو، جلدی سے ناشتا کر لو۔"

شمّو جھڑک کر بولی "آپ کو تو ہر وقت جلدی ہی پڑی رہتی ہے۔"

میاں مِٹھو چُپ چاپ بیٹھے تھے۔ شمّو کی آواز سُنی تو بولے "جلدی۔ جلدی۔ ہر وقت جلدی۔ بدتمیز۔ چُڑیل۔"

شمّو تنک کر بولی "امّی، اسے سمجھا لیجیے۔ نہیں تو اُٹھا کر باہر پھینک دُوں گی۔"

امّی نے کہا "بیٹی، یہ تو جانور ہے۔ جَیسا سُنتا ہے،

ویسا ہی کہتا ہے۔ تم تمیز سے بولو۔ اپنے بڑوں کا کہا مانو تو یہ بھی تمیز سے بولے گا اور تمھارا کہا مانے گا۔"

شمو نے شرم سے سر جھکا لیا، آہستہ آہستہ آگے بڑھی، ابّو امّی کو پیار کیا اور سلام کر کے سکول چلی گئی۔

سکول سے واپس آئی تو چہرہ گلاب کی طرح کھلا ہوا تھا۔ آتے ہی امّی کے گلے میں باہیں ڈال دیں اور پیار کر کے بولی "امّی جی، آج میں نے استانی سے معافی مانگی اور وعدہ کیا کہ اب کبھی بدتمیزی سے نہیں بولوں گی۔ وہ بہت خوش ہوئیں اور مجھے مانیٹر بنا دیا۔"

میاں مٹھو پروں میں چونچ چھپائے بیٹھے تھے، شمو کی آواز سن کر چونک پڑے اور بولے "یہ کون بولا؟ بدتمیز۔ چڑیل۔ بدتمیز۔ چڑیل۔ ٹیں ٹیں ٹیں۔"

شمو پنجرے کے پاس گئی اور بولی "میاں مٹھو، آپ بہت بدتمیز ہیں۔"

امّی نے ہنس کر کہا "بیٹی، تم سچ کہتی ہو۔ یہ یہاں رہا تو تمھیں بھی بدتمیز بنا دے گا۔ لاؤ، میں اسے واپس کر آؤں۔"

امّی پنجرا لے کر جانے لگیں تو شمو کہنے لگی، "امّی،

میں نسیمہ کے گھر چلی جاؤں؟ تھوڑی دیر کھیل کر آ جاؤں گی۔"

امّی بولیں "ابھی نہیں۔ میں آ جاؤں تو جانا۔"

شمّو کا ہونٹ لٹک گیا، بھویں سکڑ گئیں۔ یہ دیکھ کر میاں مٹھو بولے "واہ! صورت تو دیکھو۔ صورت تو دیکھو۔ چڑیل۔ چڑیل۔ چڑیل۔"

شمّو ایک دم سنبھل گئی۔ مسکرا کر بولی "اچھا، آپ جائیے۔ جب آپ آ جائیں گی تو جاؤں گی۔"

گدھے سے زیادہ بے وقُوف

احمد بولا "جانوروں میں سب سے زیادہ بے وقوف گدھا ہوتا ہے۔ اسی لیے بُدھو اور احمق شخص کو گدھا کہتے ہیں۔"

رحیم نے کہا "یہ ہماری بے وقوفی ہے۔ دُنیا میں ایسے کئی جانور ہیں جو گدھے سے زیادہ بے وقوف ہیں۔"

"مثلاً ——؟" احمد کرسی پر آگے کو جُھک گیا اور رحیم کے مُنھ کو تکنے لگا۔

"مثلاً —— میں تمھیں تین ایسے جانور دکھا سکتا ہوں جن کی بے وقوفیاں دیکھ کر تم گدھے کو بھُول جاؤ گے۔" رحیم بولا۔

"دکھاؤ —— !" احمد نے جلدی سے کہا۔

"آؤ میرے ساتھ۔" رحیم بولا اور دونوں اُٹھ کھڑے ہوئے۔ شہر کے ہنگاموں سے نکل کر اب وہ کھلے میدانوں اور لہلہاتے کھیتوں میں سے گزر رہے تھے۔ احمد منہ اُٹھائے چلا جا رہا تھا کہ رحیم نے اُسے ٹھوکا دیا اور بولا:

"وہ دیکھو ــــــ سامنے!"

احمد نے دیکھا کہ ایک کھٹ بڑھئی ایک چھوٹے سے درخت پر بیٹھا اس کے تنے میں اپنی چونچ سے سوراخ کر رہا ہے۔ تنا بہت پتلا تھا۔ جب اس میں آر پار سوراخ ہو گیا تو کھٹ بڑھئی اُڑ کر نیچے آیا اور چونچ میں دانہ لے کر اس سوراخ میں رکھ دیا۔ سوراخ دوسری طرف سے بند ہوتا تو دانہ اس میں ٹھہر جاتا مگر آر پار ہونے کی وجہ سے وہ لڑھک کر دوسری طرف، نیچے گر پڑا۔ اتنے میں کھٹ بڑھئی دوسرا دانہ لے آیا تھا اور اُسے سوراخ میں رکھ رہا تھا۔ مگر اس دانے کا بھی وہی حشر ہوا جو پہلے کا ہوا تھا۔ غرض اسی طرح اُس نے بیسیوں دانے رکھے مگر وہ سب لڑھک لڑھک کر نیچے گر گئے۔

احمد نے کہا "اس طرح تو قیامت تک یہ سوراخ نہ بھرے گا۔"

یہی تو اس کی بے وقوفی ہے ۔" رحیم نے قہقہہ لگا کر کہا۔ "اب آؤ، میں تمہیں گھٹ بڑھی سے زیادہ بے وقوف ایک اور جانور دکھاؤں ۔"

سامنے بہت سی بھیڑیں چر رہی تھیں۔ رحیم ایک ایسے تنگ راستے میں کھڑا ہو گیا جس کے دونوں طرف جھاڑیاں تھیں۔ اس نے احمد سے کہا "تم اُدھر جاکر بھیڑوں کو میری طرف ہانکو۔ پھر میں تمہیں ایک مزے دار تماشا دکھاؤں گا"

احمد نے ایک چھوٹا سا ڈنڈا اٹھایا اور بھیڑوں کو رحیم کی طرف ہانکا۔ بھیڑیں ڈر کر جھاڑیوں کی طرف بھاگیں۔ جھاڑیوں کے درمیان راستہ اتنا تنگ تھا کہ اس میں سے مرف ایک بھیڑ ہی گزر سکتی تھی۔ جب سب سے آگے والی بھیڑ بھاگتی ہوئی رحیم کے پاس آئی اور جھاڑیوں کے درمیان سے گزرنے لگی تو رحیم نے اس کے آگے ٹانگ اڑا دی۔ بھیڑ زور سے اُچھلی اور رحیم کی ٹانگ پر سے کود کر بھاگ گئی۔ رحیم پیچھے ہٹ گیا اور باقی بھیڑوں کے لیے راستہ چھوڑ دیا۔ اب بیچ میں کوئی رکاوٹ نہ تھی۔ مگر جب دوسری بھیڑ بھاگتی ہوئی آئی اور جھاڑیوں کے قریب پہنچی تو اُس نے بھی، پہلی بھیڑ کی طرح، چھلانگ لگائی۔ تیسری بھیڑ نے بھی ایسا ہی کیا۔ اسی طرح چوتھی، پانچویں،

پھٹی، غرض جتنی بھیڑیں بھی تھیں، سب کودتی ہوئی اُدھر سے گزریں۔ احمد اور رحیم ہنستے ہنستے لوٹ پوٹ ہو گئے۔

"تم نے دیکھی ان کی بے وقوفی؟" رحیم نے کہا "بھیڑوں کی یہ عادت ہے کہ جو اگلی بھیڑ کرتی ہے، وہی پچھلی بھی کرتی ہے۔ اسی سے "بھیڑ چال" کا محاورہ بنا ہے۔ اب آؤ، آگے چلیں۔"

تھوڑی دور گئے ہوں گے کہ ایک جھاڑی کے پاس ایک جنگلی چوہا دکھائی دیا جو اپنے بل میں لے جانے کے لیے گھاس پھوس اکٹھا کر رہا تھا۔ جب وہ کچھ تنکے لے کر بل میں گھس گیا تو رحیم نے بل کے پاس سے تمام گھاس پھوس اور تنکے اُٹھا لیے جو چوہے نے جمع کیے تھے۔ اس کے بعد دونوں جھاڑی کی اوٹ میں چھپ کر بیٹھ گئے۔

تھوڑی دیر بعد چوہا باہر نکلا اور تنکے تلاش کرنے لگا۔ لیکن تنکے وہاں کہاں تھے۔ چوہا گھبرا کر اِدھر اُدھر دوڑا۔ دُم لمبی تھی۔ چوہا سمجھا کہ یہ کوئی تنکا ہے۔ اس نے جھٹ دُم کو مُنھ میں دبا لیا اور جلدی سے بل میں گھس گیا۔ کچھ دیر بعد پھر باہر نکلا۔ اتفاق سے پھر دُم سامنے آ گئی۔ وہ پھر اُسے مُنھ میں

دبا کر بل میں گھس گیا۔ غرض میاں چوہے نے کئی مرتبہ ایسا ہی کیا۔ احمد اور رحیم کا ہنستے ہنستے بُرا حال ہو گیا۔

رحیم نے کہا "اب بتاؤ، سب سے زیادہ بے وقوف کون ہے؟ کھٹ بڑھئی، بھیڑ، چوہا یا گدھا؟"

احمد بولا "بھئی، اب تک تو ہم گدھے ہی کو مہامورکھ یعنی سب سے بڑا بے وقوف سمجھتے تھے۔ مگر آج معلوم ہوا کہ یہ بے چارے گدھے کے ساتھ سراسر زیادتی ہے۔"

بچوں کے لیے دلچسپ و مزاحیہ کہانیاں

ہائے اللہ سانپ

مصنف: سعید لخت

بین الاقوامی ایڈیشن شائع ہو چکا ہے

بچوں کے لیے دلچسپ کہانیاں

سات کہانیاں

مصنف: یوسف ناظم

بین الاقوامی ایڈیشن شائع ہو چکا ہے